中華親子繪本

U0063978

九千毫米_{mm}的旅行

文 / 張曉玲

圖 / 顏青

中 華 教 育

街上幾乎看不到人。

「好想出去玩啊。」小坡說。

「現在還不行，再過一段時間就可以啦。」姐姐看看外面，又看看家裏，「其實，家裏也挺大的呀。」

小坡皺了皺小鼻子。就這巴掌大的地方，也能叫大？
「要不然……我們量量看？」姐姐說。

小坡仔仔細細地量起從門口到陽台的距離來。
「一共三十把直尺長！」小坡大聲地報告。

「一把尺子三十厘米，三十乘以三十，九百厘米。」姐姐在紙上列了算式，認真算了算。

「好多呀！」姐弟倆很驚訝。

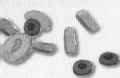

「九百厘米，如果換算成毫米的話……」姐姐吸了一口涼氣，「就是九千毫米了！」

　　「哇！」剛剛才學會數到一百的小坡說，「如果是小螞蟻的話，這裏就像全世界那麼大！」

　　小坡的話剛說完，家裏的地板就開始向遠處延伸，天花板向天上退去，放在茶几上的水仙花長成了好高好高的大樹。

姐弟倆驚呆了。

「怎麼回事？」姐姐問。

「不知道啊。」小坡說，「也許，誰對我們家施了一個魔法吧。」

「糟了！顧阿姨說，把午飯放在門外了，可是……」

要怎樣穿越這遙遠的九千毫米拿到午飯呢？這是個大問題。
小坡決定先畫一張地圖，再請姐姐寫上地標。

好，出發——

首先，他們要去積木城堡。因為家裏唯一的交通工具，就停在積木城堡。

積木城堡中的毛線鼠國王非常熱情，牠傾其所有地招待了這對姐弟。

「我們不需要口罩。」姐姐慢吞吞地說，「不過，如果可能的話，您是否可以把汽車借給我們？」

「可以可以！」毛線鼠國王興奮得團團轉，一邊搓手，一邊命令一隻發條青蛙把小汽車送過來。可惜的是，小汽車缺了一個輪子。

「你們可以去遺忘樂園碰碰運氣……」毛線鼠國王說,「一般來說,
所有莫名其妙不見的東西都會出現在那裏。」

「遺忘樂園?」小坡看看姐姐,姐姐也看看小坡。

地圖上根本沒有這個地方。

毛線鼠國王的手指,指向了沙發的位置。

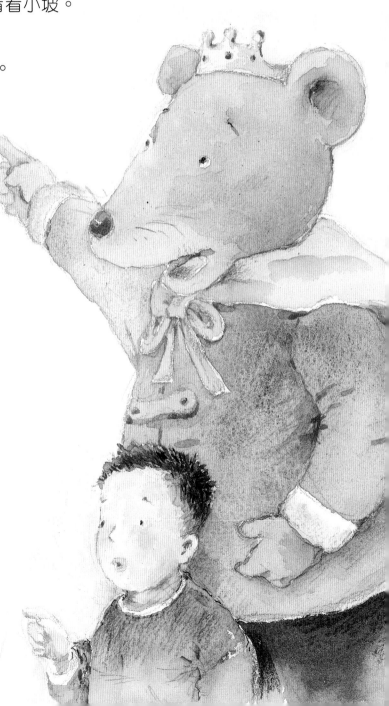

　　遺忘樂園竟然藏在佈滿灰塵的沙發底下，姐弟倆一進去就開始不停地打噴嚏。

　　「哈啾──我的積木！」小坡叫了起來。

　　「哈啾──我的拼圖！」姐姐也叫了起來。

　　還有落單的襪子、彈珠，以及一個髮夾。

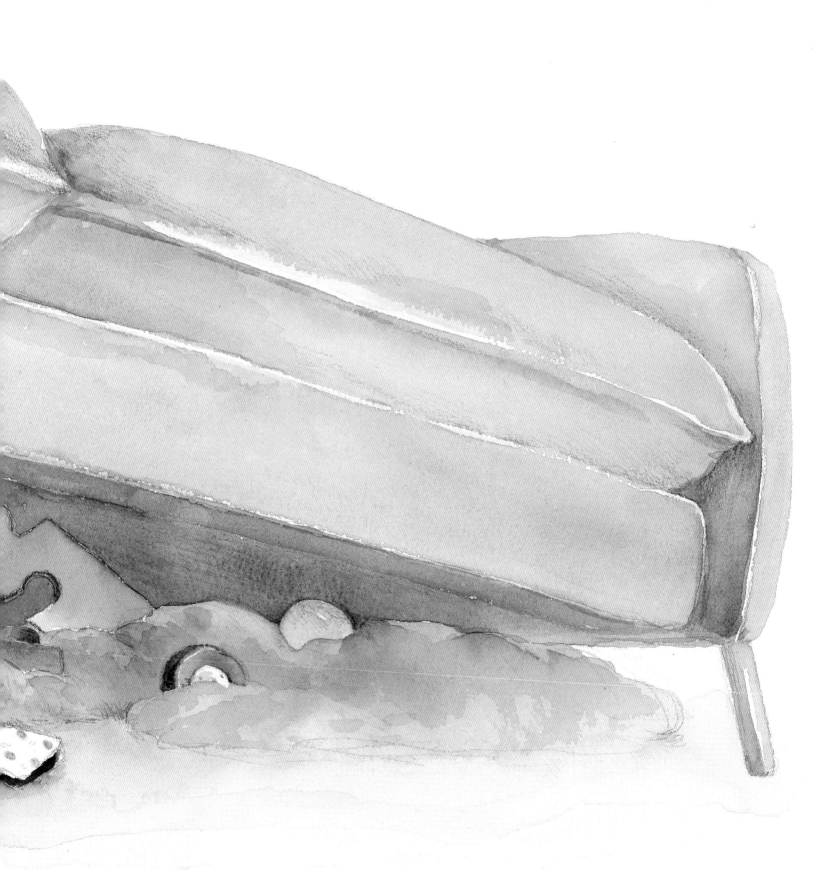

小坡抱起髮夾聞了聞。

「媽媽味兒。」小坡說。

姐姐也聞了聞。「是的，是媽媽味兒。」

他們已經和媽媽分開十天了。這個味兒對他們來說很重要。他們聞了又聞，很怕自己遺忘掉。

就在離髮夾不遠的地方，他們看到了小汽車的輪子。
他們把輪子立起來，滾了出去。

他們費了一些工夫去裝輪子。如果爸爸在的話，肯定一下子就裝好了，可是爸爸也不在。

爸爸和媽媽一樣，都在醫院裏，沒有辦法回來。

「不就是裝輪子嗎？」姐姐說，「總比疊被子簡單吧，總比給你洗澡簡單吧，總比當媽媽簡單吧……甚麼事情，都有第一次的。」

小坡同意得不能再同意。

小坡費了很大的力氣，終於像爸爸一樣裝好了車輪。

然後，他們把有着媽媽味兒的髮夾放到了汽車上。這樣汽車上就一直有一種香香的、熟悉的味兒陪着他們，真的就跟爸爸的大汽車一樣了。

也許是缺了零件的緣故，小汽車開起來有點顛簸。但是沒關係，
他們的速度快多了。正當他們要穿越木腿森林時，上空傳來了音樂聲。

現在，正是爸爸和他們的通話時間。

攀爬是男孩的強項。小坡沒有等姐姐，順着桌子腿嗖嗖爬了上去。

爸爸的聲音有點喘，有點悶，但那的確是爸爸的聲音，而且，還是那樣樂呵呵的。

「爸爸，你聽得出來嗎？我們變小了！」小坡在桌子上跳來跳去，「我們的家變得好大好大，有九千毫米這麼大！」

「太厲害了！」爸爸笑着說，「午飯吃過了嗎？」

「正要去拿呢。」姐姐也爬了上來，努力用一種很成熟的語調說，「爸爸，我們很好。我每天都掃地的，每天都疊被子，昨天還給弟弟洗了澡。」

「姐姐撒謊！」小坡笑着說，「她今天沒有疊被子！她說反正晚上還要睡！」

爸爸又說：「小坡，你也要照顧好姐姐哦。」

「當然。」小坡說，「男孩子就是要照顧女孩子的！」

爸爸的聲音停了停，接着又温柔地響了起來：「你們倆要好好的，春天來的時候，爸爸媽媽就都回來了。」

掛上電話之後，屋子裏安靜了一會兒。姐弟倆有一刻的時間忘了要吃午飯了。

　　「我想媽媽了。」小坡小聲說，鼻子酸酸的。

　　「他們很快就回來了。」姐姐忍住眼淚，很確定地說。

　　姐姐告訴小坡，抓住口罩的兩邊，就可以安穩地降落到地面。

　　這讓小坡忘了傷心，他興奮地拿了一個口罩，學着姐姐的樣子，抓穩了兩邊，往外一跳。

　　「哇哦——」兩個孩子一起飛到半空。

他們飄盪了很長時間，才看到地面。
他們降落在鞋子迷宮中。
「小坡，要小心腳下！」
「嘿，這還難不倒我！」

「咚咚咚！」誰在敲門？

「小美，小坡，你們在家嗎？」外面是顧阿姨的聲音。

「顧阿姨，我們在家！」姐姐說。

「我看你們好久沒有拿午飯，有點擔心，所以問一下。」顧阿姨說。

「我們馬上出來拿！」小坡說。

「其他都好吧？」

「都好！」

「那阿姨先走開一下，一會兒再來看你們。」

「謝謝阿姨！」

姐姐和小坡用了九牛二虎之力，終於
推開了門。

一陣亮光和清新的空氣撲面而來。

忽然間，姐姐和小坡都開始噌噌噌
地往上長，外面還是原來的那個世界。

在門口的鞋櫃上，白色的塑膠袋裏裝着顧阿姨剛剛送來的午飯，摸一摸，還是熱的呢。

眼尖的姐姐還發現，旁邊的花盆裏面，冒出了星星點點的綠色。

「小坡你看，波斯菊發芽了！」

原來，不知道甚麼時候，春天已經來了呀。

那爸爸媽媽，應該也很快就能回來了吧。

側耳傾聽孩子的聲音

華希穎 教育學博士
南京曉莊學院幼兒師範學院實踐教學教研室主任

　　當災難降臨時，人們心中難免會產生無助感，而這份無助在年幼的孩子內心更是會成倍瘋長。

　　突然失去了父母庇護，隔離在家的兩個孩子，生活中的一切都變得艱難起來。沒有了爸爸媽媽的屋子是那麼空曠莫測，曾經被愛填滿的家恍惚變幻成另一方陌生的虛空。孩子們變得像螞蟻那麼小，而屋子則變得像世界那麼大，其中分佈着充滿危險和挑戰的森林、城堡和沙漠。於是，我們看到文中的小坡和姐姐開始了他們人生中第一次「九千毫米的旅行」。

　　成長中的孩子會在失去依靠、離開父母之時迅速強大起來。為了拿到顧阿姨放在門口的午餐，姐姐和小坡勇敢地踏上「九千毫米」的征程。姐弟倆穿越了積木城堡、木腿森林和鞋子迷宮，他們一路碰到了好心的毛線鼠國王，去遺忘樂園尋找工具修好了小汽車，還完成了驚險的跳傘，最後成功地獲取了可以維持生存的食物。就像這次疫情中因父母生病住院或離家工作，而不得不留守在家的一些孩子一樣，小坡和姐姐是弱小無助的，但他們又有着驚人的向上生長的力量。沒有了爸媽的照顧，這些留守在家的孩子學會了很多事。他們自己吃飯、洗澡、打掃衞生；兄弟姐妹之間彼此陪伴、守望相助。

　　是甚麼在激勵小坡和姐姐迅速成長呢？我想是遺忘樂園中髮夾上的「媽媽味兒」、電話裏爸爸的鼓勵、房門外顧阿姨的關心，是災難中人與人之間沒有遺失的愛與溫暖。正是因為

孩子們精神上對父母、對鄰人有充分的信任和愛，他們才能心懷希望、鼓起勇氣，踏上成長之旅。

　　2019 年末開始的這場由新型冠狀病毒引起的、波及全球的瘟疫，對人類社會產生了巨大的衝擊。忙亂的大人們佔據着各種發聲渠道和話語權，而孩子則往往處於失語狀態，那些幼小心靈深處的求救與呼喊更是不易被聽見。張曉玲女士的這本《九千毫米的旅行》，讓我們得以傾聽這些孩子內心的情感需求，看到這些孩子在特殊時期的勇敢成長，讓大人們知道在對孩子進行衛生防護、病毒知識等教育之外，還需關注不同背景家庭中兒童的心理健康和心靈成長，不讓這些孩子真的失落在「遺忘樂園」裏。

　　我們在孩子的心中播下愛與希望，它們便會像花兒冒出星星點點的小芽兒，接着，春天就會來了吧。

◎ 責任編輯：劉萄諾
◎ 裝幀設計：鄧佩儀
◎ 排版設計：鄧佩儀
◎ 印　務：劉漢舉

中華親子繪本

九千毫米的旅行

文 / 張曉玲　　圖 / 顏青

出版 | 中華教育

香港北角英皇道 499 號北角工業大廈 1 樓 B 室

電話：(852) 2137 2338　傳真：(852) 2713 8202

電子郵件：info@chunghwabook.com.hk

網址：http://www.chunghwabook.com.hk

發行 | 香港聯合書刊物流有限公司

香港新界荃灣德士古道 220-248 號荃灣工業中心 16 樓

電話：(852) 2150 2100　傳真：(852) 2407 3062

電子郵件：info@suplogistics.com.hk

印刷 | 美雅印刷製本有限公司

香港觀塘榮業街 6 號海濱工業大廈 4 字樓 A 室

版次 | 2022 年 4 月第 1 版第 1 次印刷

©2022 中華教育

規格 | 16 開（230mm x 230mm）

ISBN | 978-988-8760-37-4

本書中文繁體字版本由江蘇鳳凰少年兒童出版社授權中華書局（香港）有限公司在中國內地以外地區獨家出版、發行。